DISCOURS

DE

M· DE BUFFON.

DISCOURS

PRONONCÉ

DANS L'ACADEMIE

FRANÇOISE,

PAR M. DE BUFFON

Le Samedi   Août 1753.

M. DCC. LIII.

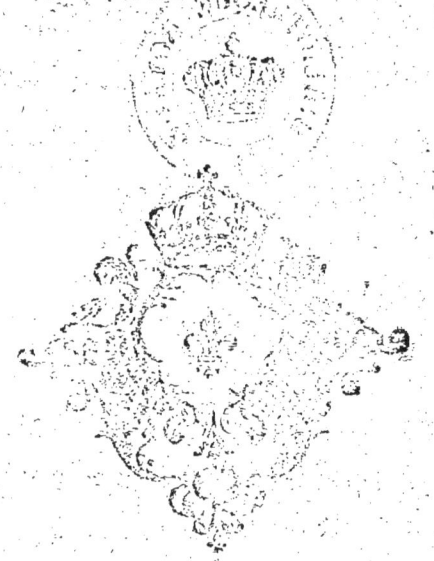

DISCOURS
PRONONCÉ
DANS L'ACADÉMIE
FRANÇOISE
PAR M. DE BUFFON

M. DCC. LIII.

M. DE BUFFON ayant été élu par Messieurs de l'Académie Françoise à la place de feu Monsieur L'ARCHEVESQUE DE SENS, y vint prendre séance le Samedi 25 Août 1753, & prononça le Discours qui suit.

MESSIEURS,

VOUS m'avés comblé d'honneur en m'appellant à vous : mais la gloire n'est un bien qu'autant qu'on en est digne : & je ne me persuade pas que quelques essais écrits sans art & sans autres ornemens que ceux de la nature, soient des titres suffifans pour ofer prendre place parmi les Maîtres de l'art , parmi les Hommes éminens qui repréfentent ici la fplendeur littéraire de la France , & dont les noms célébrés aujourd'hui par la voix des Nations , retentiront encore avec éclat dans la bouche de nos derniers neveux. Vous avés eu, MESSIEURS, d'autres motifs en jettant les yeux fur moi; vous avés voulu donner à l'illuftre Compagnie à laquelle j'ai l'honneur d'appartenir depuis long-tems , une nouvelle marque de confidération ; ma reconnoiffance , quoique partagée , n'en fera pas moins vive; mais comment fatisfaire au devoir qu'elle m'impofe en ce jour? Je n'ai, MESSIEURS, à vous offrir que votre propre bien ; ce font quelques idées fur le ftile que j'ai puifées dans vos Ouvrages; c'eft en vous lifant, c'eft en vous

admirant qu'elles ont été conçues,
c'eſt en les ſoumettant à vos lu-
mieres qu'elles ſe produiront avec
quelque ſuccès.

Il s'eſt trouvé dans tous les tems
des hommes qui ont ſu commander
aux autres par la puiſſance de la
parole. Ce n'eſt que dans les ſiècles
éclairés que l'on a bien écrit & bien
parlé. La véritable éloquence ſup-
poſe l'exercice du génie & la cul-
ture de l'eſprit. Elle eſt bien diffé-
rente de cette facilité naturelle de
parler qui n'eſt qu'un talent, une
qualité accordée à tous ceux dont
les paſſions ſont fortes, les organes
ſouples & l'imagination prompte.
Ces hommes ſentent vivement,
s'affectent de même, le marquent
fortement au-dehors ; & , par une
impreſſion purement méchanique,
ils tranſmettent aux autres leur enthouſiaſme & leurs affections. C'eſt

A iv

le corps qui parle au corps ; tous les mouvemens, tous les fignes concourent & fervent également. Que faut-il pour émouvoir la multitude & l'entraîner ? Que faut-il pour ébranler la plupart des autres hommes & les perfuader ? Un ton véhément & pathétique, des geftes expreffifs & fréquens, des paroles rapides & fonantes. Mais pour le petit nombre de ceux dont la tête eft ferme, le goût délicat & le fens exquis, & qui, comme vous, MESSIEURS, comptent pour peu le ton, les geftes & le vain fon des mots, il faut des chofes, des penfées, des raifons, il faut favoir les préfenter, les nuancer, les ordonner ; il ne fuffit pas de frapper l'oreille & d'occuper les yeux, il faut agir fur l'ame & toucher le cœur en parlant à l'efprit.

Le ftile n'eft que l'ordre & le

mouvement qu'on met dans ſes penſées. Si on les enchaîne étroitement,
ſi on les ſerre, le ſtile devient fort,
nerveux & concis; ſi on les laiſſe
ſe ſuccéder lentement, & ne ſe
joindre qu'à la faveur des mots,
quelqu'élégans qu'ils ſoient, le
ſtile ſera diffus, lâche & traînant.

Mais avant de chercher l'ordre
dans lequel on préſentera ſes penſées, il faut s'en être fait un autre
plus général, où ne doivent entrer
que les premières vûes & les principales idées; c'eſt en marquant
leur place ſur ce plan qu'un ſujet
ſera circonſcrit, & que l'on en con-
noîtra l'étendue : c'eſt en ſe rappel-
lant ſans ceſſe ces premiers linéa-
mens, qu'on déterminera les juſtes
intervales qui ſéparent les idées
principales, & qu'il naîtra des idées
acceſſoires & moïennes qui ſervi-
ront à les remplir. Par la force du

génie , on se représentera toutes les idées générales & particulières sous leur véritable point de vûe ; par une grande finesse de discernement , on distinguera les pensées stériles des idées fécondes ; par la sagacité que donne la grande habitude d'é-crire , on sentira d'avance quel sera le produit de toutes ces opérations de l'esprit. Pour peu que le sujet soit vaste ou compliqué , il est bien rare qu'on puisse l'embrasser d'un coup d'œil , ou le pénétrer en entier d'un seul & premier effort de gé-nie ; & il est rare encore , qu'après bien des réflexions , on en saisisse tous les rapports. On ne peut donc trop s'en occuper ; c'e t même le seul moyen d'affermir , d'étendre & d'élever ses pensées : plus on leur donnera de substance & de force , plus il sera facile ensuite de les réa-liser par l'expression.

Ce plan n'eſt pas encore le ſtile,
mais il en eſt la baſe ; il le ſoutient,
il le dirige, il régle ſon mouvement,
& le ſoumet à des loix : ſans cela,
le meilleur Ecrivain s'égare., ſa
plume marche ſans guide, & jette
à l'aventure des traits irréguliers &
des figures diſcordantes. Quelque
brillantes que ſoient les couleurs
qu'il employe, quelques beautés
qu'il ſeme dans les détails, comme
l'enſemble choquera, ou ne ſe fera
point ſentir, l'ouvrage ne ſera point
conſtruit : & en admirant l'eſprit
de l'Auteur, on pourra ſoupçonner
qu'il manque de génie. C'eſt par
cette raiſon que ceux qui écrivent
comme ils parlent, quoiqu'ils parlent très-bien, écrivent mal ; que
ceux qui s'abandonnent au premier
feu de leur imagination, prennent
un ton qu'ils ne peuvent ſoutenir ;
que ceux qui craignent de perdre

des penſées iſolées , fugitives , & qui écrivent en différens tems des morceaux détachés , ne les réuniſ-ſent jamais ſans tranſitions forcées ; qu'en un mot , il y a tant d'Ouvra-ges faits de pièces de rapport , & ſi peu qui ſoient fondus d'un ſeul jet.

Cependant tout ſujet eſt un ; & quelque vaſte qu'il ſoit , il peut être renfermé dans un ſeul diſcours ; les interruptions , les repos , les ſections ne devroient être d'uſage que quand on traite des ſujets diffé-rens , ou lorſqu'ayant à parler de choſes grandes , épineuſes & diſ-parates , la marche du génie ſe trouve interrompue par la multipli-cité des obſtacles , & contrainte par la néceſſité des circonſtances : au-trement , le grand nombre de divi-ſions , loin de rendre un Ouvrage plus ſolide , en détruit l'aſſemblage; le Livre paroît plus clair aux yeux,

mais le deſſein de l'Auteur demeure obſcur ; il ne peut faire
impreſſion ſur l'eſprit du Lecteur, il
ne peut même ſe faire ſentir que
par la continuité du fil, par la dé-
pendance harmonique des idées,
par un développement ſucceſſif,
une gradation ſoutenüe, un mouvement uniforme que toute inter-
ruption détruit ou fait languir.

Pourquoi les ouvrages de la nature ſont-ils ſi parfaits ? C'eſt que
chaque ouvrage eſt un tout, &
qu'elle travaille ſur un plan éter-
nel, dont elle ne s'écarte jamais ;
elle prépare en ſilence les germes de
ſes productions ; elle ébanche par
un acte unique la forme primitive
de tout être vivant ; elle la déve-
loppe ; elle la perfectionne par un
mouvement continu, & dans un
tems préſcrit. L'ouvrage étonne,
mais c'eſt l'empreinte divine dont il

porte les traits qui doit nous frapper. L'esprit humain ne peut rien créer, il ne produira qu'après avoir été fécondé par l'expérience & la méditation ; ses connoiffances font les germes de ses productions : mais s'il imite la nature dans fa marche & dans fon travail, s'il s'élève par la contemplation aux vérités les plus fublimes, s'il les réunit, s'il les enchaîne, s'il en forme un fyftême par la réfléxion, il établira fur des fondemens inébranlables des monu-mens immortels.

C'eft faute de plan, c'eft pour n'avoir pas affez réfléchi fur fon objet, qu'un homme d'efprit fe trouve embarraffé, & ne fçait par où commencer à écrire : il apperçoit à la fois un grand nombre d'idées ; & comme il ne les a ni comparées, ni fubordonnées, rien ne le déter-mine à préférer les unes aux autres;

il demeure donc dans la perplexité: mais lorfqu'il fe fera fait un plan, lorfqu'une fois il aura raffemblé & mis en ordre toutes les idées effen-tielles à fon fujet, il s'appercevra aifément de l'inftant auquel il doit prendre la plume, il fentira le point de maturité de la production de l'efprit, il fera preffé de la faire éclore, il n'aura même que du plaifir à écrire ; les penfées fe fuccéderont aifément, & le ftile fera naturel & facile ; la chaleur naîtra de ce plaifir , fe répandra par-tout, & donnera de la vie à chaque expreffion ; tout s'ani-mera de plus en plus ; le ton s'élevera, les objets prendront de la couleur ; & le fentiment fe joi-gnant à la lumière, l'augmentera, la portera plus loin, la fera paffer de ce que l'on dit à ce que l'on va dire; & le ftile deviendra intéreffant & lumineux.

Rien ne s'oppofe plus à la chaleur, que le defir de mettre par-
tout des traits faillans ; rien n'eft
plus contraire à la lumière, qui
doit faire un corps & fe répandre
uniformément dans un Ecrit, que
ces étincelles qu'on ne tire que
par force en choquant les mots
les uns contre les autres, & qui
ne vous éblouiffent pendant quelques inftans, que pour vous laiffer
enfuite dans les ténébres. Ce font
des penfées qui ne brillent que par
l'oppofition ; l'on ne préfente qu'un
côté de l'objet, on met dans l'ombre toutes les autres faces : & or-
dinairement ce côté qu'on choifit
eft une pointe, un angle fur lequel
on fait jouer l'efprit avec d'autant
plus de facilité , qu'on l'éloigne
davantage des grandes faces fous
lefquelles le bon fens a coutume de
confidérer les chofes.

Rien

Rien n'eſt encore plus oppoſé à la véritable éloquence, que l'emploi de ces penſées fines, & la recherche de ces idées légères, déliées, ſans conſiſtance, & qui, comme la feuille du métal battu, ne prennent de l'éclat qu'en perdant de la ſolidité : auſſi plus on mettra de cet eſprit mince & brillant dans un Ecrit, moins il y aura de nerf, de lumière, de chaleur & de ſtile, à moins que cet eſprit ne ſoit lui-même le fond du ſujet, & que l'Ecrivain n'ait pas eu d'autre objet que la plaiſanterie : alors l'art de dire de petites choſes devient peut-être plus difficile que l'art d'en dire de grandes.

Rien n'eſt plus oppoſé au beau naturel, que la peine qu'on ſe donne pour exprimer des choſes ordinaires ou communes d'une manière ſingulière ou pompeuſe ; rien ne dé-

grade plus l'Ecrivain. Loin de l'ad-
mirer, on le plaint d'avoir paffé
tant de temps à faire de nouvelles
combinaifons de fyllabes, pour ne
dire que ce que tout le monde dit.
Ce défaut eft celui des efprits cul-
tivés, mais ftériles ; ils ont des mots
en abondance, point d'idées ; ils
travaillent donc fur les mots, &
s'imaginent avoir combiné des idées,
parce qu'ils ont arrangé des phrafes,
& avoir épuré le langage, quand
ils l'ont corrompu en détournant les
acceptions. Ces Ecrivains n'ont
point de ftile ; ou fi l'on veut, ils
n'en ont que l'ombre ; le ftile doit
graver des penfées, ils ne favent
que tracer des paroles.

Pour bien écrire, il faut donc
poffeder pleinement fon fujet, il
faut y réfléchir affés pour voir clai-
rement l'ordre de fes penfées, & en
former une fuite, une chaîne con-

tinue, dont chaque point repréfente
une idée ; & lorfqu'on aura pris la
plume, il faudra la conduire fuc-
ceffivement fur ce premier trait,
fans lui permettre de s'en écarter,
fans l'appuyer trop inégalement,
fans lui donner d'autre mouvement
que celui qui fera déterminé par
l'efpace, qu'elle doit parcourir.
C'eft en cela que confifte la févérité
du ftile, c'eft auffi ce qui en fera
l'unité, & ce qui en réglera la rapi-
dité ; & cela feul auffi fuffira pour
le rendre précis & fimple, égal &
clair, vif & fuivi. A cette première
règle dictée par le génie, fi l'on joint
de la délicateffe & du goût, du
fcrupule fur le choix des expref-
fions, de l'attention à ne nommer
les chofes que par les termes les plus
généraux, le ftile aura de la nobleffe.
Si l'on y joint encore de la défiance
pour fon premier mouvement, du

mépris pour tout ce qui n'eſt que
brillant, & une répugnance conſ-
tante pour l'équivoque & la plaiſanterie, le ſtile aura de la gravité,
il aura même de la majeſté. Enfin,
ſi l'on écrit comme l'on penſe, ſi
l'on eſt convaincu de ce que l'on
veut perſuader, cette bonne foi
avec ſoi-même, qui fait la bienſéan-
ce pour les autres & la vérité du
ſtile, lui fera produire tout ſon effet, pourvû que cette perſuaſion
intérieure ne ſe marque pas par un
enthouſiaſme trop fort, & qu'il y
ait par-tout plus de candeur que de
confiance, plus de raiſon que de
chaleur.

C'eſt ainſi, MESSIEURS, qu'il me
ſembloit en vous liſant que vous me
parliés, que vous m'inſtruiſiés: mon
ame, qui recueilloit avec avidité
ces oracles de la ſageſſe, vouloit
prendre l'eſſor & s'élever juſqu'à

vous : vains efforts ! Les règles,
difiés-vous encore, ne peuvent sup-
pléer au génie ; s'il manque, elles
feront inutiles : bien écrire, c'est
tout à la fois bien penfer, bien fen-
tir & bien rendre, c'est avoir en
même temps de l'efprit, de l'ame
& du goût ; le ftile fuppofe la réu-
nion & l'exercice de toutes les fa-
cultés intellectuelles; les idées feules
forment le fond du ftile, l'harmonie
des paroles n'en eft que l'acceffoi-
re, & ne dépend que de la fenfi-
bilité des organes. Il fuffit d'avoir
un peu d'oreille, pour éviter les
diffonances des mots ; & de l'avoir
exercée, perfectionnée par la lec-
ture des Poëtes & des Orateurs,
pour que méchaniquement on foit
porté à l'imitation de la cadence
poëtique & des tours oratoires. Or
jamais l'imitation n'a rien créé ;
auffi cette harmonie des mots ne

fait ni le fond ni le ton du ftile, &
fe trouve fouvent dans des Ecrits
vuides d'idées.

Le ton n'eft que la convenance
du ftile à la nature du fujet ; il ne
doit jamais être forcé ; il naîtra na-
turellement du fond même de la
chofe, & dépendra beaucoup du
point de généralité auquel on aura
porté fes penfées. Si l'on s'eft élevé
aux idées les plus générales, & fi
l'objet en lui-même eft grand, le
ton paroîtra s'élever à la même hau-
teur ; & fi en le foutenant à cette
élévation, le génie fournit affés
pour donner à chaque objet une
forte lumière, fi l'on peut ajouter
la beauté du coloris à l'énergie du
deffein, fi l'on peut en un mot re-
préfenter chaque idée par une image
vive & bien terminée, & former
de chaque fuite d'idées un tableau
harmonieux & mouvant, le ton fera

non-feulement élevé, mais fublime.

Ici, MESSIEURS, l'application feroit plus que la règle, les exemples inftruiroient mieux que les préceptes ; mais comme il ne m'eft pas permis de citer les morceaux fublimes qui m'ont fi fouvent tranfporté en lifant vos Ouvrages , je fuis contraint de me borner à des réfléxions. Les Ouvrages bien écrits feront les feuls qui pafferont à la poftérité ; la multitude des connoiffances , la fingularité des faits , la nouveauté même des découvertes ne font pas de fûrs garants de l'immortalité, fi les Ouvrages qui les contiennent ne roulent que fur de petits objets; s'ils font écrits fans goût, fans nobleffe & fans génie , ils périront , parce que les connoiffances, les faits & les découvertes s'enlevent aifément, fe tranfportent, & gagnent même à être mifes

en œuvre par des mains plus habi-
les. Ces chofes font hors de l'homme, le ftile eft l'homme même ; le
ftile ne peut donc ni s'enlever, ni
fe tranfporter, ni s'altérer ; s'il eft
élevé, noble, fublime, l'Auteur
fera également admiré dans tous les
temps ; car il n'y a que la vérité qui
foit durable, & même éternelle.
Or un beau ftile n'eft tel en effet,
que par le nombre infini de vérités
qu'il préfente. Toutes les beautés
intellectuelles qui s'y trouvent,
tous les rapports dont il eft compo-
fé, font autant de vérités auffi utiles,
& peut-être plus précieufes pour
l'efprit humain, que celles qui peuvent faire le fond du fujet.

Le fublime ne peut être que dans
les grands fujets. La Poëfie, l'Hiftoire & la Philofophie ont toutes le
même objet, & un très grand objet,
l'Homme & la Nature. La Philofo-

phie décrit & dépeint la nature ; la
Poësie la peint & l'embellit, elle
peint auffi les hommes , elles les
agrandit, elle les exagère , elle crée
les Héros & les Dieux ; l'Hiftoire
ne peint que l'homme , & le peint
tel qu'il eft : ainfi le ton de l'Hifto-
rien ne deviendra fublime , que
quand il fera le portrait des plus
grands hommes , quand il expofera
les plus grandes actions , les plus
grands mouvemens , les plus grandes révolutions , & par-tout ail-
leurs il fuffira qu'il foit majeftueux
& grave. Le ton du Philofophe
pourra devenir fublime toutes les
fois qu'il parlera des loix de la nature , des êtres en général , de l'efpace , de la matière , du mouvement
& du temps , de l'ame , de l'efprit
humain , des fentimens , des paf-
fions ; dans le refte il fuffira qu'il

soit noble & élevé. Mais le ton de l'Orateur ou du Poëte, dès que le sujet est grand, doit toujours être sublime, parce qu'il est le maître de joindre à la grandeur du sujet autant de couleur, autant de mouvement, autant d'illusion qu'il lui plaît; & que devant toujours peindre & toujours agrandir les objets, il doit aussi par-tout employer toute la force & déployer toute l'étendue de son génie.

Que de grands objets, MESSIEURS, frappent ici mes yeux! Et quel stile & quel ton faudroit-il employer pour les peindre & les représenter dignement? L'élite des hommes est assemblée. La Sagesse est à leur tête. La Gloire, assise au milieu d'eux, répand ses rayons sur chacun, & les couvre tous d'un éclat toujours le même, & toujours

renaiſſant. Des traits d'une lumière
plus vive encore partent de ſa cou-
ronne immortelle , & vont ſe réu-
nir ſur le front auguſte du plus puiſ-
ſant & du meilleur des Rois. Je le
vois ce Héros , ce Prince adorable ,
ce Maître ſi cher. Quelle nobleſſe
dans tous ſes traits ! Quelle majeſté
dans toute ſa perſonne ! Que d'ame
& de douceur naturelle dans ſes re-
gards ! Il les tourne vers vous ,
MESSIEURS, & vous brillés d'un
nouveau feu ; une ardeur plus vive
vous embraſe ; j'entends déja vos
divins accens & les accords de vos
voix : vous les réuniſſés pour célé-
brer ſes vertus , pour chanter ſes
victoires , pour applaudir à notre
bonheur ; vous les réuniſſés pour
faire éclater votre zéle , exprimer
votre amour , & tranſmettre à la
poſtérité des ſentimens dignes de ce

grand Roi & de ses Descendans.
Quels concerts ! Ils pénétrent mon
cœur ; ils seront immortels, comme
le nom de LOUIS.

Dans le lointain, quelle autre scène
de grands objets ! Le Génie de la
France qui parle à Richelieu, & lui
dicte à la fois l'art d'éclairer les
hommes & de faire régner les Rois.
La Justice & la Science qui condui-
sent Seguier , & l'élevent de con-
cert à la premiere place de leurs
Tribunaux. La Victoire qui s'avance à grands pas , & précéde le char
triomphal de nos Rois , où LOUIS
LE GRAND , assis sur des tro-
phées, d'une main donne la paix aux
Nations vaincues, & de l'autre ras-
semble dans ce Palais les Muses dis-
persées. Et près de moi , MES-
SIEURS , quel autre objet intéres-
sant ! La Religion en pleurs , qui

vient emprunter l'organe de l'Elo-
quence pour exprimer fa douleur,
& femble m'accufer de fufpendre
trop long-temps vos regrets fur une
perte que nous devons tous reffen-
tir avec elle.

FIN.

143

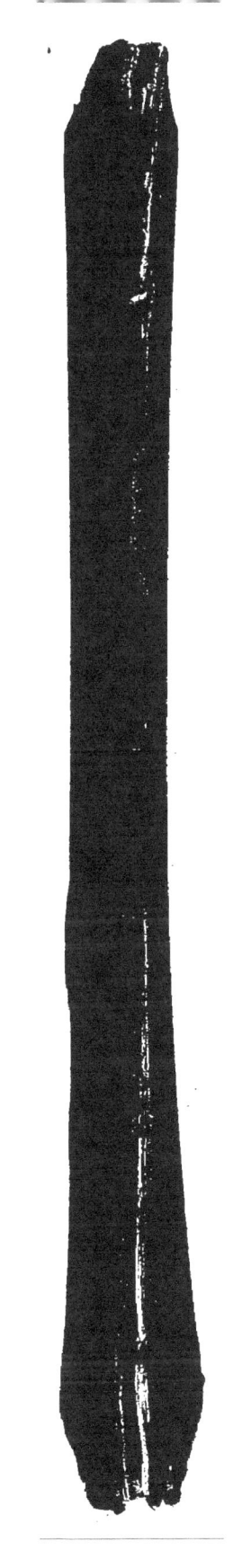

www.ingramcontent.com/pod-product-compliance
Lightning Source LLC
Chambersburg PA
CBHW060857180626
46818CB00004B/1735